天青色

刘伟冬 著

江苏凤凰文艺出版社

图书在版编目(CIP)数据

天青色 / 刘伟冬著. — 南京：江苏凤凰文艺出版社, 2025.1. — ISBN 978-7-5594-8863-3

Ⅰ.I227

中国国家版本馆 CIP 数据核字第 20246BX060 号

天青色

刘伟冬　著

出 版 人	张在健
策 划 编 辑	于奎潮
责 任 编 辑	孙楚楚
装 帧 设 计	嫁衣工舍
责 任 印 制	杨　丹
出 版 发 行	江苏凤凰文艺出版社
	南京市中央路 165 号，邮编：210009
网　　　址	http://www.jswenyi.com
印　　　刷	苏州市越洋印刷有限公司
开　　　本	889 毫米×1194 毫米　1/32
印　　　张	8.875
字　　　数	110 千字
版　　　次	2025 年 1 月第 1 版
印　　　次	2025 年 1 月第 1 次印刷
书　　　号	ISBN 978-7-5594-8863-3
定　　　价	58.00 元

江苏凤凰文艺版图书凡印制、装订错误，可向出版社调换，联系电话 025-83280257

001 北濠桥

003 变迁

004 不是……

006 草

008 茶

009 车站风景

010 沉没的星星

011 沉默的花

012 城市

013 城市的夜空

015 翅膀

016 穿越

017 窗口

018 春秋之花

020 春天里

022 春天真的要来了

023 春雨

024 大地

025 大与小

026 岛屿

027 灯光

028 地中海

030 第一个月亮和最后一个月亮

031 蝶与蜂

033 斗篷

034 渡口

035 对视
036 对战争的思考
037 飞雪
038 风景
039 风铃
040 孤独与寂寞
041 关于爱
042 关于诗
044 归来
045 海的自语
046 行走
047 濠河
052 后半夜
053 胡家庵十五号
056 花的香
058 花期
059 花絮
060 花影
061 花与草
062 花语
063 黄昏
066 回到
067 回故乡
069 记忆
070 季节
071 节气

074 今天
076 今天很幸福
078 金碧辉煌
079 鲸鱼
081 静夜
082 柯勒律治之花
083 历史与自然
084 两种梦
086 露水
088 轮椅
090 落叶
094 梦境
095 梦里的猫
096 梦与梦
097 陌生电话
098 拿得起放得下
099 你和我
100 农夫与皇帝
101 其实
102 情书
103 秋的回忆
105 秋的私语
106 秋寂
107 秋色
109 秋阳
111 秋叶

113 秋雨
114 秋月
116 秋之歌
118 秋之色
120 取义
121 让我告诉你
122 人生
123 人生不死
124 日落
125 日月
127 日子
128 入眠
129 上天入地
130 生命
131 圣托里尼的一天
133 诗人
134 诗与远方
135 石头
136 时光匆匆
137 时间
138 时态
139 树之叶
140 死亡阅读
142 四季
145 四季的歌
147 四季的梦

148 四季时空

150 四季长椅

154 松树

155 素衣

156 岁月静好

157 太慢

158 天河

159 天青色

161 天堂

162 停云

166 同一个月亮

167 土地

168 我等待

169 我更喜欢

170 我什么也没看见

171 我是如此快乐

174 我心依旧

177 我与四季

178 我在想

180 望云观水抱树

181 无题 1

182 无题 2

183 无题 3

184 无题 4

185 西行

186 西西弗斯

187 希望
189 夏日夕阳
192 现代都市印象
193 乡村的初冬
195 乡村的黄昏
197 相较于
199 小寒节气
201 邂逅
202 心泉
203 星空栈道
205 星星
206 幸福
207 实与空
209 选择
210 雪
211 雪蝴蝶
213 雪花
214 雪遇
217 雪约
219 燕子
220 羊
221 阳光
223 摇篮曲—安魂曲
224 夜
225 夜色
227 夜雨

228 依依杨柳

229 遗忘

230 音乐

231 影子

232 永垂不朽

234 有爱与没爱

235 有的和所有的

236 有鸟的风景

238 又梦江南

239 又一个梦境的记述

241 雨地儿歌

242 雨伞

243 雨夜

244 元宝

247 原样

249 月光

250 月下墓地

252 月夜

254 在梦里

255 在这里

260 赞美

261 珍惜

262 之间

263 知道

264 中学时代

265 自由

267 总是能
268 走进如梦之梦
271 做一个这样的人

北濠桥

北濠桥

那是真正的城乡之桥

最初的桥身

分成两段

中间有一个圆土堆

长着许多的树木

从桥上往北走

就是下乡

往南走

就是进城

尽管桥北

有几座厂房

几根高耸的烟囱

几排二层楼的红瓦公房

但在所有人的心里

那就是乡下

住在那儿的人

都是种地的乡下人

没有户口本儿

也没有豆腐票儿

我们曾经排着队唱着歌

从桥上往北走

去送积肥

去捡麦穗

去拾棉花

去向贫下中农学习

再学习

这种城乡之别

不在面貌

不在外表

而在内心积淀弥久的认知

即便现在

桥北已经变得

比城里还要城里

但那条隐匿的城乡之线

如同静静流淌的濠河

从未被彻底地抹掉

变迁

我以为
我站立在三月的江南
站立在盛开的梨花树下
但淹没我脚背的
却是清冽晶莹的雪花

我以为
我浮游在深蓝的大海
遨游在广袤璀璨的星空
但待我酒醒之后
却仰躺在丰收的麦田

我以为
我深爱着盎然的春意
深爱那姹紫嫣红的热烈
但待我走过花甲
却倾心于秋天的安宁

不是……

不是
每一种酒
都会让你一醉不起
也不是
每一个梦
都会让你衣锦还乡

不是
每一只蝴蝶
都会是爱情的使者
也不是
每一群乌鸦
都会是死亡的幽灵

不是
每一个二月
都会响起惊天的春雷
也不是
每一个冬季
都会降下漫天大雪

不是
每一个期盼
都会梦想成真

也不是
每一个结局
都会如你所愿

草

再也不是季节的风信
所谓秋黄春生
枯荣一岁
再也不是
草的唯一信念

拨开冬日厚厚的积雪
可能会发现
雪下竟是一片翠绿
毫无悔意地
在为春天站台
就像那些落叶的树
梧桐和银杏
以炫亮的金黄
为晚秋应景

那些不落叶的常青树
香樟和松柏
也以繁茂坚挺
为灰调的冬季
助威一样
发芽落叶的草木
一生一死
体验着

生命循环
死而复生的快乐

而常青不败的草木
冰火两重
展示着
生命的顽强和坚韧

茶

四方的玻璃杯

晶莹剔透

放入

几叶太平猴魁

冲泡上

八十五度的热水

叶子

悠悠地站立起来

浮游漂动

像海里追光的鳗鱼

茶水

也渐渐地

由无色变成嫩绿

犹如一泓春水

淡淡清香

随着热气弥散

花梨木桌面上的

水样木纹

仿佛也是绿茶

洋溢出的一江波澜

车站风景

窗户外
就是北京老客站
高铁、动车、绿皮车
各种货车进进出出
昼夜不停
一列列客车开进
带来了不同的故事
一列列客车开出
带走了不同的情绪
一列列货车经过
拉来的是故事的元素
运走的是情绪的残渣

沉没的星星

请告诉我

天亮之后

昨夜的星辰

去了哪里

是融化在了

灿烂的阳光之中

抑或像一场流星雨

坠落在了

地球的某一个角落

沉默的花

沉默
是花儿永远的品质
阳光里
她总沉默地微笑
即便已经看懂了你
暧昧的笑意
风雨夜
散落了一地的花瓣
像无数张紧咬的红唇
悄无声息
仿佛严守着
一份死亡的秘密

城市

花儿在这里开放
让城市的每一个角落万紫千红
鸽子在这里飞翔
改变了楼宇间呆滞的风景
蝴蝶在这里闪过
让窗口浮现出朋友的幻影
灯火在这里明灭
让城市徒生出许多昏暗的后街
人们在这里聚居
把城市分隔成无数寂寞的空间
星星在这里闪烁
让城市的夜空变成了星辰大海

城市的夜空

现在
城市的夜空
不再纯粹
星星
被灯火污染
月亮
被高楼遮挡
远处
总会浮动着
点点滴滴
闪烁不定的彩光
像星星
但比星星妖艳
那是装饰风筝的灯珠

看不见长长的牵线
但总有放着风筝的人
牵线一端的风筝
高高在上
却被牢牢地拴住
而另一端的人
低若尘埃
但他是自由的
因为他的心

正无牵无挂地飞翔
偶尔
云层之上
会闪烁起红黄绿的灯影
也像星星
但比星星忙乱
那是远行或归来的飞机
拖着轰鸣的尾巴

看不见机舱里的情形
但那儿一定有乘客
还有美丽的空姐
和帅气的机长
归兮去兮
抑或高兴
抑或忧愁
每一次旅行
都会有许多传奇的故事
而此时的我
正在城市的街巷
踏着灯光和影子
一路迷茫
一路流浪

翅膀

鸟儿有翅膀
但飞不上高山之巅
思念没有翅膀
却可以飞过海洋
知了有翅膀
但飞不进秋天
春风没有翅膀
却可以飞入心田

穿越

我想做一个偷渡者
偷渡到过去的时光
回到一路走来的世界
去看看
那里的风景
是否依旧旖旎
那里的人们
是否依旧年轻
去看那一树盛开的桃花
是否依旧在春风里等着我
我还想在那儿
找回不知何时
丢失了的青春的尾巴

窗口

你在窗口
望着新月
我也在窗口
望着新月
千里相隔
寻觅的目光
却在月牙儿尖上交汇
而目光夹角所对的那条边线
正是相思的距离
也是相思的厚度

春秋之花

春天的花

都是美少女

骄傲而又任性

即便谢幕

也是一片一片地飘零

沸沸扬扬

漫天飞舞

仿佛她们在雨中

跳着芭蕾

而那些落地的花瓣

依然靓丽光鲜

一如少女的红唇

热吻着苏醒的大地

秋天的花

是迟暮的美人

绽放过娇艳

又历经了风霜

她们矜持而坦然

早已没了飞扬的心情

黯然失色后

不愿坠地

依旧傲然枝头

她们坚守着枯萎之躯
只为了
保持生命最后的尊严

春天里

春天里

看那一树的繁花

像是被目光

点燃的火把

被太阳

烧旺的篝火

可有谁

会注意到

黑土下

默默的根须

没有根

花儿无力开放

没有根

树干就会倾倒

叶落归根

花落成泥

也算是

花叶

对根的回报

其实

根须不仅发芽

也会开花

开出那

如梦的花海

让黑土蓬松

让黑土温暖

只是

它所奉献的春天

只属于那些

入土安息的灵魂

春天真的要来了

终于
从清冷的夜风里
嗅到了一丝丝温暖
星光落在手心
再也没有了一种冰寒
满山纷扬的梅花
仿佛在为冬天
举办浪漫的葬礼
大地草长莺飞
早已为春天
铺好了新婚的温床
而我的心
随着节气的步伐
怦然乱跳
这一回
春天真的要来了

春雨

春夜的细雨

淅淅沥沥

密密麻麻

每一条

线性的雨丝

仿佛不是在滋润

苏醒的大地

而是在

催生心田的思念

大地

大地
是万物的吸纳者
和记录者
你一生走过的脚步
它都会刻录于心
除非
你爬上了楼梯
或走在屋脊
看那只
从树上跳下来的黑猫
不管它是身如幻影
还是蹑手蹑脚
大地即刻捕捉到了
猫爪的点点温暖

大与小

银河在宇宙中
至多是一朵细小的浪花
地球在银河中
至多是一片飘零的落叶
人类在地球上
也就是一群智慧的蝼蚁

岛屿

再草木葱郁的岛屿
也总是孤寂的
大海
虽然拥抱着它
日夜不停地
给它献上一片片浪花
给它雷鸣般的热闹
但它依旧羡慕
天边飘过的云帆

灯光

黑暗中
你只能听见
夜雨的声响
看不清它的形态
但灯光一照
那些穿梭的雨丝
顿显原形
或疾或徐
或密或疏
比声音更生动
一如光柱中
翻腾的尘埃
千姿百态
如果把灯光
照向梦境
我们看到的
就不只是
飘舞的雨丝
和旋转的尘埃
请赶紧
砸碎了那盏灯

地中海

地中海

你是一颗蓝色宝钻

镶嵌在欧亚非的

眉宇之间

你温暖的子宫

孕育了多少灿烂的文明

你是神话的源泉

艺术的母亲

爱情的摇篮

酒神的故乡

但你自己

却还是一个

哺乳期的婴孩

吸吮着大西洋母亲

源源不断的甘乳

直布罗陀海峡

银光闪闪

自西向东的温暖洋流

就是你的生命线

一旦堵塞

你就会干涸

就会枯瘦

就会成为

吞噬一切生命的

盐碱沙漠
在地球的历史书上
就有一个章节
讲述着
你死而复生的故事

第一个月亮和最后一个月亮

你肯定记不起

是哪一天

哪一刻

又是在哪里

第一次看见了月亮

你也注定

不知道

是哪一个晚上

在哪里

是你最后一次

看到月亮

蝶与蜂

蝴蝶

总是结伴地飞

它们有

自己爱情的传奇

蜜蜂

总是单个地行

它们有

自己处世的原则

花儿

像羞涩的少女

守着自己

静悄悄地开

却喜欢

蝴蝶无言的亲吻

也喜欢

蜜蜂嗡嗡的呢喃

蝴蝶

一声不响

带走了花的密语

让无奈的凋零

成了一个难解的谜

蜜蜂

热热闹闹

吸干了花的乳汁
让甜蜜的酝酿
成了一场难入的梦

斗篷

我背着斗篷

沿着山脊

朝夕阳走去

阳光落满了全身

细长的影子

拖映在另一个山头

远处

传来古刹的钟声

此刻

驼红色的夕阳

在五彩的云霞间

飘行

恍惚间

我以为是

身后的斗篷

带着我的满腔热血

飞向了天边

抑或是我

正背着如血的残阳

向西而行

渡口

轻雾弥漫的渡口
没有等来
一条靠岸的船
也没有
同行的过客
只有一条
没有艄公的舢板
和我一起
在清晨的迷雾中
等待
我不禁疑惑
今天
我为何而来
又要渡向何方
我更疑惑
这雾
究竟是自然之雾
还是来自
我的内心深处

对视

仰望星空

是一种浪漫

一种孤独

仰望星空

也可以

消解孤独

增添浪漫

在浩瀚的太空里

总有一双眼睛

此时此刻

与你对视

与你交流

你们深情的目光

也许要

一万年的光景

才会相触

碰撞出火花

但只要对视过

并相信这样的对视

你就不算孤独

就会有期待的光亮

和温暖

对战争的思考

每一个扛枪打仗的战士
都会有活着归来的奢望
每一个不幸死去的士兵
都应该知道他为谁而亡

飞雪

飞舞的雪花
看似漫不经心
自由自在
但它们
都是有选择地飘落
落在田野
做温暖的雪绒被
落在山上
做西岭的千秋雪
落在枝头
做晶莹的冰凌花
落在屋顶
化作钻石般的冰挂
落在眉心
溅起我眼里的涟漪

风景

与其

盲目地外出

去看新的风景

还不如

先待在家里

读书攻略

磨砺出

新的眼光

这样

你会看到

更多更远的风景

风铃

风铃响了,
丁零丁零的。
是有风儿吹过?
天快亮了。

风铃响了,
丁零丁零的。
是有燕子飞过?
天要下雨了。

风铃响了,
丁零丁零的。
是有叶子飘落?
天又黑了。

风铃响了,
丁零丁零的。
是我在做着梦?
风铃没响。

孤独与寂寞

什么是孤独
什么是寂寞
孤独
绝不是简单地不想理人
寂寞
也不是简单地不被人理
在人群中也会孤独
在热闹中照样寂寞
孤独是一种追求
寂寞是一种无奈
孤独是孤独者的定神丸
寂寞是寂寞者的迷魂散

关于爱

爱是无所不在的
一颗有爱的心
哪怕它已失明
抑或失聪
也能在一片落叶
一声鸟鸣中
感受到爱的颤动

关于诗

诗

是什么样子的

深刻的文字

华丽的辞藻

或如醉的韵律

是

又不是

真正的诗

无形有形

有影无踪

又无处不在

无事不是

眼睛看到的

耳朵听到的

心所牵挂的

一阵惊喜

一种无奈

病中的绝望

绝望后的重生

哪怕是一片落叶

一滴雨水

一个背影

一把空着的椅子
都会成为
心灵的史诗

归来

今夜我会安然入眠
因为你已远行归来
一路你看到的风景
将是我梦里的山水

海的自语

都在说

海纳百川

都会说

有容乃大

真是说得轻巧

请问

哪一条注入的河流

不是伤痕累累

哪一朵翻卷的浪花

不是泪水盈盈

哪一个绽开的涟漪

不是遗恨绵绵

哪一滴撞碎的水珠

不是哀怨深深

我有宽广的胸怀

可以接受天下的河流

却容纳不下天下的苦难

行走

在树林里散步
树是站立的
静止的
是我们在移动
在穿行
开着车去旅行
或坐在车里看风景
就会觉得
自己是静止的
树是走动的
近处的树走得快
一闪而过
远处的树走得慢
唯有地平线上的山
是恒定的
人再走
很难走出
没有树的地方
树再走
也走不到
没有人的地方

濠河

黄昏时分
我走到了濠河边
这里风清水秀
成了风景区
有步道回廊
有紫色的水生鸢尾
有菖蒲和梭鱼草
还有一座
三门的石牌坊
上面用隶书写着
"十分潋滟"

这一带的沿河边
曾经热闹非凡
叫作北码头
城里和平桥的南段
还有一个地方
叫小码头
但这里的阵仗
要大得多
各色商铺鳞次栉比
烟酒店烧饼店
还有包子铺
规模最大的

还是城北饭店

我在那儿

买过三鲜烩菜

店里的采购员

是高我一届的同学

后来他在城里

开了好几家酒店

航运公司的大门

朝北开着

大小仓库连成一片

马路边

各种榻车堆挤在一起

像现在路边

胡乱停放的电瓶车

和摩托车

而现在这里

早已物非人非

没有了码头

没有了轮船

没有了货场

没有了起重机

没有了来往的旅客

没有了

大碗喝酒的装卸工人

空气和河水里

也没有了

浓稠的机油味道

小时候
我曾和外婆
下过河边
涮净
用肥皂或石碱
洗过的衣服
还有脏得发黑的拖把
当年
靠近石牌坊的河岸边
是一片桃花林
长着二三十棵老树桩
枝干的破损处
会流出黏黏的汁液
黄黄的
像是泥膏糖
四月桃花盛开的时候
树下堆满了蜂箱
嗡嗡的蜜蜂
到处飞舞
粉红色的花瓣
飘落一地
比我大两岁的姐姐
在路对面的实验小学
上二年级

透过竹篱笆墙

我看见了她

穿着白衬衫蓝裙子

还扎着蝴蝶结

在操场上排着队

嘴里唱着歌

我还和我的小舅舅

一起下过河

在一条倾沉的趸船上

淘米洗菜

涮衣服

用碎瓦片打水漂

最远的

可以梭到河的中央

每年的夏天

我都会在濠河里游泳

每年夏天

濠河里

都会淹死几个同学

如今没淹死的同学

都年逾花甲

还经常聚会

今天

我看见一个人

在河边垂钓

大半个时辰里
他换了无数次的鱼饵
甩了无数次的竿儿
却没有看到
一次咬钩
或许
他的渔线上
根本就没有钓钩
或许,他只是
以这样的方式
给鱼儿投食
和它们游戏

后半夜

刚看完
最后踢进的一个点球
球场那边
赢了的球队
开始狂欢
而输掉的球队
有人不住地哭泣
我在狂欢与哭泣之间
一连打了几个哈欠

夜已很深
今天是星期几
滴滴答答
外面好像下着雨
楼顶上的那只大白猫
趴在我的窗前
忽然想起了
戏中的一句台词
滴滴答答
就是时时刻刻
时光流逝
一刻不停

胡家庵十五号

大门紧锁

五彩的门神

斑驳陆离

黯然失色

仿佛不是贴上去的

像是旧木板里

浮映出来的残魂

青灰色的石门踏上

也没有了

细碎的脚印和水渍

寂寞的院墙

围着寂寞的院子

曾经

我每天进进出出

许多人

出出进进

只有

裹着小脚的外婆

很少迈出门槛

在廊檐前

坐在小凳上

晒着太阳

要不就是捧着淘箩

捡着米饭粒

一粒一粒地

往嘴里送

熟悉的脚步

早已消失

热闹的声响

已经沉寂

外公的背影

无迹可寻

堂前的钟摆

不再摇晃

西厢窗前

大大小小三只水缸

不知是空是满

是否接到了天水

是否还养着

大姨夫在北土山

或濠河里

钓到的小鲫鱼

隔壁的院子里

有一个

穿着皮衣的女人

啃着甘蔗

用狐疑的眼光

看着我

走出大门堂
天就暗了
看不清
门前空地上
儿时玩耍
留下的弹子儿坑
不远处的天宁寺里
传来了钟声
光孝塔上的风铃
也开始丁零作响

花的香

有谁知道

花儿凋零时

它的芳香去了哪里

阳光照射

香气浓郁

它消融在颤动的光波里

春风掠过

原野飘香

它流淌在温润的空气里

看啊

那些飞舞的蝴蝶

欢乐的蜜蜂

在不停地

与花儿亲吻拥抱

把花的唇印

和芳菲带回了家里

还有我们人类

也学着昆虫的样子

去深情地亲吻

纵情地嗅闻花的芬芳

把它们沉淀在了

诗意盎然的心里

其实

还有一份芬芳

花儿将它留给了自己

在那些零落的花瓣

和枯萎的花蕊上

永远都刻录着

满满的芳馨记忆

花期

有些花锈了

不会坠落

像蜡梅

站立枝头

等着绿叶去遮掩

有些花

一旦枯萎

就直直地落地

像蜀葵

从不迷恋

枝头的风光

只有二月的早樱

既不想离枝

也不想落地

以一种缠绵的飘零

在空中曼舞

如同一场六月的飞雪

每一片花瓣上

都写满了

无尽的哀怨

花絮

我们之所以赞美花
是因为它美丽
更因为它易逝
鲜花
听到人们的赞美
首先是开心
接着是伤心

所有的美丽
都值得赞美
所有的美丽
又都是过眼烟云

花影

月色清明

斑驳的院墙上

一簇簇花影

随风摇曳

那时

花开正盛

或含苞待放

可又有谁见过

花落时的凌乱碎影

花谢了

花的灵魂

也就飞走了

所以

飘零的时候

只见花瓣

不见流影

一地的落英

等着黛玉去葬

等着宝玉去哭

花与草

花儿是幸运的
有蝴蝶和蜜蜂
兢兢业业
为它们传宗接代
小草是寂寥的
浪迹天涯
我们却不知道
草籽行走的路线
和它走路的模样

花语

如果
你能对着花儿
自言自语
说明你
心境悠然

如果
你真正听懂了
花的密语
说明你
已经成仙

黄昏

黄昏

太阳准备离去

转身时

仿佛打翻了

所有的染料罐

把半边天空

晕染得五彩斑斓

像一场狂欢的盛宴

绮丽绚烂

而它自己

则头戴一轮

橘红色的斗篷

披着一件云灰大氅

独自远去

澄江如练

波光潋滟

像撒满了一片片金箔

那是太阳

留下的一串串

告别的脚印

此刻

它已跨过江面

走过平原

正沿着灰蓝的山坡

走向谷底的黑暗

头上橘红色的斗篷

已变成了绛紫

最后变成了蓝黑

太阳走了

黄昏也变成了黑夜

又到黄昏

正风雪交加

只能看到

太阳微弱的影子

如同迷雾深处的背影

一片漫射的白光

但它离去的排场

照样豪华

不会减色

依旧戴着橘红色的斗篷

漫步云端

四周是旖旎的花海

簇拥着的

是彩服霓裳的天仙

只是我们被风雪包裹

被挡在了幕后

看不到

前台惊艳的表演

只能凭着变换的雪色

判断着

太阳西行的步履

此时

天空飞舞的雪花

还透着晶亮

地上的积雪

泛着淡淡的蓝光

不一会儿

飞雪变得细碎

也开始慌乱

在一片灰调中

失去了光泽

天地也变得模糊

被黑暗笼罩的白色

似白非白

被黑暗吞噬的白色

虽黑犹白

此时的太阳

应该已经走得很远

回到

回到

童年在寺街住过的房子

穿过门堂到天井

还有

每天上学放学走过的巷口

狂野过的操场

玩过玻璃弹子的街角空地

它们都变得如此狭窄矮小

局促晦暗

原先仰视的墙头蜡梅

现在

伸手可得

是因为我长大了

变高了

我的视域变宽了

心也变野了

还是

过往的一切

都被时间凝固

被记忆浓缩了?

回故乡

透过车窗

看到了流动幽暗的故乡

本以为的熟悉

却是一种疏离

一种莫名的陌生

鲁迅回到的故乡

像是做了减法

苍黄的天底下

冷风透着篷船的缝隙

呜呜地吹

没有了一些生气

而我们的故乡

一直在做着加法

甚至是乘法

高楼林立

修造地铁

到处热气腾腾

到处人群熙攘

儿时走过的小石桥

在现代化的喧嚣中

变成了一具

需要保护的僵尸

曾经每天进出的门堂

也与记忆相去甚远

反倒觉得记忆更为真实

是因为记忆

会随着我们一道生长

还是因为它

已经凝固

不再变化

我以为

所谓的乡愁

也就是一种念想

与消失或保留的原生场景

并无关联

故乡一旦离开

它就成了一种虚幻

记忆

痛苦的记忆
即便再痛
也会被慢慢地忘记
快乐的记忆
哪怕再乐
也一定不会再现
而平淡
是不会被记忆的
平淡是生命的主旋律
也是记忆的空白

季节

在盛夏绵延的燥热中
我牵盼
秋夜如水的清凉
现在
秋分已至
秋天已经走过了一半
我又开始担心起
冬日里如铁的冰寒

节气

立春,迎春花开了
你回来又不声不响地走了
雨水,煮上一壶回甘的
老白茶,我们一起喝
惊蛰,早早就醒来
总是又做梦又失眠
春分,燕子回来了
嗅到了一点湿土的味道
清明,追着故乡的云
去给我的父亲祭扫坟头
谷雨,在湿润的迷茫中
听到了布谷鸟清脆的叫声
立夏,蔷薇花开了
热闹的舞会好像刚刚开始
小满,麦子还没黄
突然有了饥饿的感觉,想吃冷蒸①
芒种,放学回家的路上
又和同学到地里捡麦穗
夏至,在热烈的蝉叫声里
赤膊躺在竹榻的凉席上睡午觉

---

① 冷蒸:南通方言,指一种用青麦炒制的时令食物,清香可口。

小暑，用蒲扇遮着脸

继续睡，把太阳睡下了山

大暑，萤火虫到处闪亮

又时常被忽至的大雨浇灭

立秋，在早晚的徐风中

鼻尖上有了一丝丝凉意

处暑，一只发烧的老虎

在身边徘徊，祭神的河灯

越漂越远

白露，星星被露水弄湿

蟋蟀继续吟唱但不再撕咬好斗

秋分，在月下放风筝

轻哼着《月亮代表我的心》

寒露，开始翻找秋衣

一只螃蟹衔着菊花慢慢爬过

霜降，我登上山坡

看见枫林在白云处燃烧

立冬，迎来了我的季节

有热气从嘴巴和鼻子中呼出

小雪，没有下雪

午后竟透出了一缕阳光

大雪，午夜飘了两朵雪花

第二天依旧是晴天

冬至，我的生日

吃了饺子，又吃了面条

小寒，躲在被窝里做梦

听到天井里雪花飘落的声音
大寒，推开窗户
我看到的世界是白色的

今天

把今天想做的事

做完

带着虚空和满足

走进梦乡

想喝的早茶

拒绝一次晚宴

一场苦等的约会

一句想说的告白

坐地铁在城市流浪

去放生那只

早就想放生的乌龟

捉回那只

在院墙角边

唱歌的油蛉子

睡一个懒散的午觉

发一会儿呆

喝一杯卡布奇诺

看一眼星空

折一枝蜡梅

再走一段小路

顺手

捡拾起一片银杏树叶

打开一本诗集
就像打开一扇门
让叶子飘落在窗前

今天很幸福

今天

你幸福吗

幸福

不跟别人比

跟自己的每一个昨天比

今天早晨

读到一条令人感动的信息

刷到一条看了三遍后

依旧会傻笑的抖音

上午十点左右

在和煦的春风里

沿着秦淮河走了一段路

看到老鹰在天上盘旋

中午的牛肉拉面

口味纯正

汤料尤好

饭后眯了一会儿

梦见自己正逛着庙会

下午去医院

修补好一颗牙齿

虽然有点疼

但很开心

傍晚回来

在工作室里

喝着新煮的红茶

听了一段德彪西的钢琴曲

——《亚麻色头发的少女》

暮光

像飘动的波浪

浪尖上

荡漾着迷人的微笑

天黑以后

从楼道里走出来

迎面看见了

正前方天空中的月亮

一阵惊喜

像是一个圆满的大句号

写在遥远的天幕上

半夜睡觉前

读了金子美玲的诗

梦境很幼稚

也很甜美

金碧辉煌

金色的麦地
碧蓝的天空
比所有的皇宫
还有神殿庙宇
都更好地阐释了
什么叫金碧辉煌

鲸鱼

每当我读到
关于大海的文字
脑子里
就会浮现出一片
深远的墨蓝色
那是波诡云谲的海洋
我想起
汹涌澎湃的浪涛
想起浪尖上的海鸥
想起浪涛下的鲸鱼
就在我阅读的这一刻
它们正畅游在
无边无际
漆黑幽深的大海
用尾巴
拍打出浪花
用鼻子
喷出如花的水柱
张开大嘴
吞噬着无数的鱼虾
学着海豚
唱着高频的旋律
有一只军舰鸟
寻着它们的航迹

飞翔觅食
谁能告诉我
在这极寒或温暖的
海洋世界里
一共有多少条鲸鱼
在茁壮生长

静夜

在这幽静的夜晚

我的脚步

像落地的雪花

悄无声息

我也不敢

大声地说话

其实我想呼喊

但我害怕

树上的叶子

会因为我的声响

抖落一地

我甚至

屏住了呼吸

担心呼出的气息

掠过湖面

打破水底月亮的完满

最后

我闭上了眼睛

不愿看见

一扇扇窗后

太多热闹的梦境

搅乱了

我的心绪

和夜的宁静

柯勒律治之花

当我醒来
枕边的玫瑰
依旧鲜艳,甚至
还带着露水
这说明
天堂很近

当我醒来
枕边的玫瑰
已经枯萎,全然
没有了香气
这说明
天堂很远

历史与自然

在历史的长河中
我们会闻到人类的血腥
在自然的长河中
我们感受到天地的纯净

两种梦

躺在床上

闭上双眼

终于看到了夜色

但心里

还有两个频道

仿佛

装了一个阴阳旋钮

向右转

阴雨绵绵

渐渐地

就会融于黑暗

堕入梦乡

向左转

脑海里

阳光普照

把能看的风景

又看一遍

就像走进电影院

故事片纪录片

还有广告片

轮回播放

直到天亮

都弄不清楚
自己是没有睡着
还是刚从梦里醒来

露水

现在,露水于我
仿佛只是一个概念,一个词汇
一个模糊的意象,偶尔
会在诗文中,读出它的清凉

可我的童年,是一段
浸淫在露水中的成长,每天清晨
踏着满是露水的青石板
数着格子去上学,蓬松的头发
常被树上滴落的露水弄湿
像是从雨地里走来
仲夏之夜,在天井里纳凉
午夜凝结的露水会把我冻醒
那时的星星跟水一样凉
徜徉乡间,我看见
晶莹剔透的露珠,沾满了
白色的芦花,在阳光下闪耀
我还用手指,触碰过在芦叶上
来回滚动的露珠,我喜欢闻
覆满了霜露的秸秆,在田野里
散发出的成熟酸甜的气味

当下的日子,过得干涩急躁
春夏秋冬,都定格在同一个刻度

没有了儿时的质朴和丰富
是露水没了,没有了寄居的
树叶和芦苇,没有了粉墙黛瓦
还是它只滋生在童年时光
或只留在了诗词歌赋里
不是,都不是
现在,我不用早早地起床
背着书包上学堂,不再住在乡下
也不再在星空下纳凉,常常
梦醒在露水消遁之后,入睡在
太阳升起之前
我的时间表和路线图里
早已没有露水的消息,也没有
露水的痕迹,表面上
我错失的是露水,其实
我错失的是诗意盎然的秋天
是鲜活律动的生命,是热爱自然的
灵魂,幡然醒悟后
虽回不到从前,但我愿意
再一次凝结为露水,坠落在
青石板上,坠落在午夜的天井
坠落在广袤的田野
坠落在芦花深处
蒹葭苍苍,白露为霜
所谓伊人,在水一方

轮椅

八十七岁的母亲
坐在轮椅上
我推着她
在医院的院子里
转悠
半年前
她跌了一跤
摔坏了髋关节
再也无力站起来
她总问
还能走吗
我告诉她
医生说有希望
她又问
腰会断吗
我说不会的
这不坐得好好的吗
她继续问
眼睛会瞎掉吗
母亲年轻时就近视
我说也不会
指着园中的一簇花
我问她
这是什么颜色

她说是红的

我指着另一簇花

又问道

那是什么颜色

她说是白的

没错

红的白的

她说的都对

她的眼睛

不会瞎

秋天的阳光

清澈明媚

阳光里

什么都能看见

红花白花

还有蓝蓝的天

落叶

秋天
走进了后院的深处
不再回转
树木开始凋零
满地的落叶
为秋天的面容
抹上了金色的粉底
间或
还会点上一星土红
或一片绛紫

秋天里
踩着落叶行走
脚底下
会沙沙地响个不停
仿佛踩在
记忆的碎片上
也只有秋天
会有这样的响声
这是秋天的歌
用一种告别的节律
可以反复吟唱

也会有这样的人

爱屋及乌

因为喜欢秋天

不愿破坏它的妆容

拒绝踩踏落叶

为秋天

守望最后的尊严

如果你

也有这样的念想

那么我劝你

最好不要出门

留在家里

等着窗外下起大雪

一夜之间

抹去秋的痕迹

可有时候

开着的门窗

也会不经意地

飘进一两片落叶

那是秋风

送来的邀约快递

要不

还有一个办法

你可以像小鸟一样

学着飞翔

穿梭于树丛之中

让自己

脚不沾地

可鸟儿

也有疲倦的时候

它会落在地上

欢快地从这片落叶

跳向另一片落叶

就像游戏的小朋友

起着房子

过着家家

还是走出来吧

走在乡间

走在大街

走进自然

勇敢地向前走

在斑斓的底色上

留下你的足印

秋天

就是在这样的踩踏中

在这样的声响中

变得坚实

变得冷峻

否则

秋天会走得

毫无声色

冬雪
也会来得没有理由
甚至无处落脚

梦境

天亮了
我朝着东方
大喊一声
鼻尖顶着太阳
奔跑
而我的影子
被甩在了
身后沙漠的尽头

黑夜里
我屏住呼吸
踮起脚尖
希冀
自己能够飞行
生怕踩碎了
月光镜面
掉进那无底的深渊

梦里的猫

窗台上的猫

凝视着做梦的我

看到我夸张的表情

瞬间逃离

它一定以为

我在梦里

正追赶着一只猫

梦与梦

你会做许多的梦

梦见无数的人

无数的事

但在有些梦中

你却是那里的唯一

太阳梦见你

就会躲在山的那一边

不再升起

月亮梦见你

便会用暗云包裹自己

不再露面

蝴蝶梦见你

即便是春风荡漾

也不再飞舞

玫瑰梦见你

哪怕是遍地阳光

也不再绽放

一旦我梦见你

三生三世十里桃花

也不愿醒来

陌生电话

掐掉一个陌生电话
又掐掉一个陌生电话
知道是广告
知道是推销
知道是骗子
可心里
总觉得自己重要
总会自恋地焦虑
生怕错过了
一个重要的电话

拿得起放得下

做一个放得下的人
放下那些
现在不属于你
或现在属于你
将来未必属于你的一切
做一个拿得起的人
拿起你的健康
你的快乐
你的爱
拿起你每一晚的入眠
和第二天醒来
看到的第一缕阳光
或听到的第一滴雨声

你和我

我仰望夜空
却在你深邃的眼里
看见了星辰大海

我看过的风景
花开花落
却都写在了
你悠长的诗行里

你捡拾的落叶
金光灿灿
闪烁在我幽暗的窗前

你说冬天来了
要下雪了
我在梦里
苦苦地守望了一夜

农夫与皇帝

在农夫那里
至尊的皇帝
只是一个个虚幻的影子
在皇帝那里
卑微的农夫
却是一颗颗真实的米粒

其实

有许多的偶遇

其实是心计

有许多的邂逅

其实是心约

有许多的惊喜

其实是

蓄谋已久的期许

有许多的奇迹

其实是

处心积虑的谋划

情书

我有一封要寄的情书
不知是为谁而写
也没有具体的地址
快递小哥说我是疯子
他盯着我要电话号码

他盯着我要电话号码
快递小哥说我是疯子
也没有具体的地址
不知是为谁而写
我有一封要寄的情书

秋的回忆

一棵棵
明黄色的银杏树
以王者的气度
傲视群雄
在清澈的秋阳里
颤动闪耀
满地抖落的叶子
纷纷扬扬
像太阳的汗渍
点燃了树下的泥土
我捡拾起了
几片最亮的黄叶
放在书桌上
想留住秋天的色彩
你也捡拾了
几片叶子
带着秋雨的温润
也放在了
书桌上
明亮的与潮湿的
融混在了一起
犹如
快乐遇到了忧郁
太阳对视着月亮

这样
对秋天
我们也就有了
完整的记忆

秋的私语

已经过了霜降
野地里再也听不到
秋虫的合唱
可我养的油蛉子
还在鸣叫
每晚喂食后
就会叫得特别欢快
彻夜不停
嘀零零嘀零零
时长时短
清脆而悠扬
像烛光音乐会上
梵婀玲的曼妙联奏
在 E 弦上倾诉着
秋的私语

秋寂

秋天
把最后的声响
留给了稻田或麦地
留给了乡场
乌鸦和麻雀
也赶来凑着热闹
秋天的阳光
寂静落寞
它默默地照着树丛
照着树叶
照着叶尖儿
把自己的颜色
浸染到
每一片茎叶之中
用红和绿
调出了万种黄
轻风掠过的时候
便会听到
沙沙沙沙的声音
那是阳光
在叶片上轻轻地流淌

秋色

拉开窗帘
才知道
下了一夜的寒雨
冬天和秋天
在漆黑的帷幕后
扳起了手腕
一个来势汹汹
一个从容淡定
输赢未定
但时运难违
秋天
终于把它的
灿烂本色
从树上
泼洒了一地
成熟的金黄色
由竖立着的点线
延展成了
一块块平铺的面
满地的斑斓
像十月的庄稼
但早已过了
收获的季节
没有劳作的农民

没有奔跑的野兔

更没有

麻雀和乌鸦的影子

秋天如此地渲染

无非是想

在大地刷白之前

再唤醒一次

丰收的记忆

秋阳

秋天的太阳

喜欢早起

也喜欢早归

凌晨五点

就点火升帐

傍晚五点

便打道回府

留下一个

铺天盖地的背影

它不像

夏日那样暴躁

用持续的加速度

让热力爆表

也不像

冬阳那样混沌

时隐时现

像一只

瞌睡的懒猫

从早到晚

秋阳始终

用同样的色调

同样的温度

甚至

同样的懒散情绪

笼罩山川

光照万物

树木

终于忍受不了

这种恋爱中

没有激情的对峙

在不温不火的

纠缠中

败下阵来

开始凋零

开始斑斓

开始涅槃

秋天的太阳

就是这样

用一种平静的坚持

平和的心态

把秋天点燃

秋叶

坐在银杏树下

秋风里

看金色的树叶

飘零纷纷

恍惚中

像一场宙斯的黄金雨

神话成为了现实

只是不见美丽的达娜厄

但这里

没有诱惑和欲望

只有秋的清澈和纯净

马约尔的《地中海》

在沉思中洋溢着

爱的汪洋

斑斓的树叶啊

你们是

站立枝头太久

看够了太多高处的风景

开始渴望土地的坚实

终于找到了

叶落归根的借口

可一旦落地

再想攀上高枝儿

那只有等待

明年春天的到来
在冒出的新芽里
修心修为
修成正果

秋雨

第一场秋雨
冲淡了些许秋的妆容
像倚栏瞌睡的媚娘
有一点倦意
一丝愁容
但秋天依旧饱满鲜亮
只要一缕秋阳
就能激活她的眼神
焕发容光
一袭五彩的装束
她还是那位
四季舞会的女皇
但秋天
也知道自己的宿命
舞会终要散场
红颜终会辞了菱花
她正以一种无望之望
等待着
第二场第三场秋雨的涤荡
好洗去最后的铅华
赤裸着身体
彻底投入冬的怀抱
在冰雪的素净中
回忆曾有的斑斓和兴旺

秋月

我站在窗口
望着月亮
星空像一幅画
明月像一盏灯
照亮了我的窗台
也照亮了
窗台上的紫罗兰

走进院子
满地的月色
像寒意朦胧的秋霜
白色的晶体
淹没了我的双脚
脚底冰凉

我走出院子
来到一片田野
漫天的月光
像一顶轻曼透明的纱帐
把我紧紧地包裹
一阵眩晕迷茫

顺着小路
我走进山里

月亮被浓密的树林隐去

影影绰绰

像舞台上绚烂的灯光

被合上的帷幕遮挡

路也被黑暗剪断

我迷失了方向

月亮和我

仿佛在捉着迷藏

摸着黑我来到山顶

月亮就在眼前

巨大如盖

仿佛可以用手触碰

想起了李白的诗

——忽复乘舟梦日边

此时的我

真的走进了月亮

秋之歌

秋天就是这般矜持

慢慢地露出骨感

它先是穿上

五彩斑斓的霓裳

像一位出嫁的新娘

花儿般绚烂

再把美人迟暮的忧伤

丢弃在空气里

秋天的风多么清澈

但清澈中

总有一丝冰凌的决绝

一种莫名的慌乱

仿佛告别就在眼前

朝着枯萎的花丛

深吸一口气

就会嗅到冬天的味道

但看着身上的着装

风里飘动的裙子

便又感到

秋天

依旧像兔子尾巴

闪动在金色的草原

树上的叶子

越来越少

地上的叶子
越堆越厚
年复一年
似曾相识
此时此刻
燕子不再归来
布谷也不再鸣叫
在一堆新的积叶中
我终于找到了那一片
去年就想拾起的落叶

秋之色

真正属于秋天的
就两种颜色——
红与黄
绿色是夏季的遗产
而白色
似乎是冬季的专利
秋天
像一位色彩大师
他的节气使命
就是要让原野变色
山川改颜
他双管齐下
先是让天气转凉
昼日变短
蓝天变灰
又拼命地定格阳光
留住温暖
使原本繁茂深厚的绿
减去了蓝
增添了红
就这样
庄稼变黄了
树叶变黄了
大地也变黄了

金色的十月

也以其成熟的姿态

成为收获的季节

至于秋天的红

那是一种生死之色

绿为生

黄为死

漫山遍野的绿叶

在太阳汗水的浸泡下

黄绿交合

染成了一片片的红

如燎原的生命之火

燃尽了秋天

自己的妆容

冬天的第一抹颜色

是铺天盖地的白

秋天的最后一抹颜色

也是铺天盖地的白

取义

看风景

不一定要在桥上

在楼上看风景的人

不一定会看到你

明月装饰了

天下所有的窗户

而你装饰不了

天下所有人的梦

让我告诉你

让我告诉你
但丁
从不在家里待客
尤其是在夜间
当月光铺洒在
阿尔诺河上的时候
他就点亮蜡烛
梦游在
维琪奥桥上
吟唱着
写给贝雅特丽齐的情诗
至于来访的客人
远远地
从敲击门铃的姿态
和传出的金属声响中
他就能判断出
这个人
是会升入天堂
还是会坠入地狱

人生

皱纹是微笑的痕迹
银发是镜子的留白
衰老是岁月的馈赠
死亡是生命的归宿

人生不死

人生

犹如一部连续剧

出生是序章

葬礼是大结局

不必悲伤

不必流泪

你可以不去看最后一集

忘掉所有死亡的故事

选择前面的任何片段

你所记挂

或热爱的那个人

就会一直

栩栩如生地活着

随时朝你微笑

随时朝你哭泣

随时……

日落

今天的日落

与数万年前的日落

没有区别

在黄昏这个节点上

太阳

都会决绝地下沉

就像月亮

会在入夜后升起

所不同的

在夕阳里穿过天空的是飞机

不是大雁

看夕阳西下的是人类

而不是恐龙

日月

夕阳

正在地平线上

颤动

江面上

浪花翻卷

微波粼粼

太阳

仿佛坐在岸边

凌波濯足

搅动着一江春水

好洗去

白昼的疲劳

月亮

跃上东山

像一盏天灯

让大地熠熠生辉

此时的夜空

变得更加黝黑

月亮

从东到西

缓慢逡巡

不停地变换着角度

想照亮

昨晚梦的角落

日子

时光无恙

岁月静好

大概就是过着

温开水般的日子

不烫不冰

不甜不咸

喝过了咖啡

喝过了浓茶

喝过了蜜汁

喝过了苦药

也喝过了

各种各样的酒水

也许最后觉得

还是开水最好

无论温热

无论冷凉

时光无恙

岁月静好

入眠

夜深了
空调嗡嗡的噪音
不会影响我的睡眠
我就当自己
在火车里
或飞机上
正翻山越岭
或漂洋过海
去旅行
去看风景
而且
坐的还是软卧
或头等舱
所以
睡得很香
第二天
睁开眼睛
我身在原地
太阳照在被窝上
远游的灵魂
也刚好看完西洋景
从远方归来

上天入地

为什么会有
上天入地的说法
其实
它指的不是心情
也不是
求法的路径
而是人生
是轮回
人死了
灵魂上天
成为一束
遥远的星光
身体入地
成为玫瑰花下
一掬黑土

生命

对只会嫉恨的人来说
活得再久
被恨包裹
就是一种自虐

对敢爱会爱的人而言
生命再短
与爱同行
也是一种幸福

圣托里尼的一天

门窗

是钴蓝色

海

是湖蓝色

而天

是淡蓝色

只有云和房子

是白色

在圣托里尼

一天

只有两个时辰

早上朝东

看红日

跃出海面

傍晚向西

看夕阳

跌落海里

其他时辰

都沉醉在

白色或蓝色的

梦幻之中

日出日落的时候

天和海

还有房子

都是蓝紫色的

诗人

我不是一个成功的诗人
但还算勤勉
我不断地去写诗句
是因为我已将自己
埋葬在了诗的黑土中
并把我的时间
也封存在了那片黑土里

诗与远方

人们常说

诗与远方

仿佛远方才有诗

而诗总在远方

于我而言

诗就在手头

就在脚下

就在心里

就在眼前

所以我的远方

就在眼前

而我的眼前

都是远方

石头

任何一块石头
都有存在的理由
无论是雄踞于高山之巅
还是蜗居在沟渠之侧

任何一块石头
都有开花的可能
开在隽永的诗行里
抑或绽放在美丽心灵中

任何一块石头
都有飞翔的梦想
在那璀璨无垠的夜空里
每一颗星星都在飞翔

时光匆匆

清晨

我睁开眼睛

看见柳树的枝头上

已经蒙上了一片鹅黄

午觉醒来

绯红的樱花

早已飘落了一地

起身再望

满墙的蔷薇

在五月的阳光下绽放

眨眼之间

橘子在秋风里红了

转身推开门窗

院子里又铺满了白雪

时间

我们年少时
健步如飞
总嫌时日太过漫长
当我们变老
步履蹒跚
时间却走得更快了
生命与时间
一个自然律
一个逆生长

时态

看见花开的眼

尝过蜂蜜的嘴

听见鸟鸣的耳朵

嗅过草香的鼻子

抚摸过阳光的手

踏碎过月色的脚

还有

被风撩拨过的秀发

浸泡过清泉的身子

为爱偾张的血脉

因恨痛彻的心扉

在词性上

它们是动词名词

形容词和副词

在时态上

它们却是过去时

完成时

现在进行时

将来时和将来进行时

树之叶

许多树叶
从枝头
到地上
也就几秒的时间
但这是生死的距离
有些树叶
之所以曼妙飞舞
那是对死亡的抵抗
抑或还想
随风飘进下一个春天

死亡阅读

一位美国坦克兵

在二战的欧洲战场

确切地说

是在德国的布劳恩拉格

战争还未结束

死亡会不期而至

但只要有片刻闲暇

在下一次枪响的空隙间

他就会半倚着炮塔

开始阅读

哪怕读上一页或是几行

他搜罗的战利品

不是烟、酒和巧克力

而是各种书籍

他还会用手里的烟酒

去换别人找到的书

这种向死而读

真是一种死亡的游戏

却也是人类

永生的希望

即便他在下一秒死去

他的灵魂

也会因为多了几行字

或一点知识
而变得格外凝重
格外有分量

四季

都说冬去春来

其实冬天与春天

经常结伴同行

梅花盛开

灿若星辰

那是冬天里的高冷春色

四月飞雪

玉洁冰清

那是春天里的冬日恋歌

小阳春

倒春寒

冬天和春天

像一对情侣

总是悱恻缠绵

当夏季来临的时候

春天并没有离去

温润和燥热

总是被缱绻多情的梅雨

模糊了分界

跟着太阳的脚步

走进了夏的深处

哪里有阴凉

哪里花儿开

哪里就是

春的藏身处

夏天与秋天的初恋

总是那么热烈

如胶似漆

即便到了十月

还会燃起

夏日的火焰

但它们的心性

到底相异

夏天喜欢奢华

喜欢铺张

像一个敛财的土豪

不停地做着加法

枝繁叶茂

万物葱茏

而秋天

只做减法

一叶知秋

它用最简约的数字

就在一与万之间

画上了等号

秋天就是这样

它从不急切赶路

也不纠缠

当树上所有的叶子

掉光了的时候

扫着满地落叶的

已不再是秋风

它已经

衣锦还乡

四季的歌
——癸卯感怀

二月的春风

还带有

六分的寒意

花儿呀

还有美人儿

不要着急绽放

免得冻僵了妍容

仲夏的蝉鸣

总是此起彼伏

永不停息

甚至夜半歌吟

愣是把舞台

做成了

欢腾的流水席

人们再也打不开

梦的窗口

暮秋的露水

又开始接近冰点

千万小心

别让它沾满手掌心

否则

整个冬天
即便站在阳光下
你也触摸不到温暖

初冬的黄昏
像晦暗的地下赌场
不要犹豫
赶快下注吧
眨眼之间
就走过了
午夜的门槛
输得一丝不挂

四季的梦

谁会知道呢
春天的梦
竟然在如茵的草地上
被如酥的细雨冲淡
迷失了边界
而夏天的梦呢
在清晰的蝉叫声中
在摇曳的花荫下
变得模糊不清
秋天的梦最清澈
潋滟的湖面上
洒满了月光
有一片金色的落叶
在水中荡漾
冬天的梦
总是温暖的
大雪封门的时候
人在被窝里
心却在雪原上奔跑

四季时空

阳春三月
不用桃花
也不用婀娜的杨柳
给我一阵熏风
便会沉醉

炎炎夏日
不求灵泉
也不求蔽日的绿荫
给我一片荷叶
就觉清凉

秋风习习
不要枫林
也不要飘溢的桂香
给我一轮明月
便不孤独

数九寒冬
不需红炉
也不需烫好的黄酒
给我一床雪被
就觉温暖

茫茫宇宙

没有四季

没有边界

满眼都是璀璨星河

到处隐藏无底黑洞

给我一个信仰

给我一个指引

我便勇往

四季长椅

秋风清透
阳光轻薄
像暖调的月光
金黄色的银杏树叶
有的在枝头
有的在地上
还有的
正在空中飘扬
在一张长椅上
静静地坐下
看秋天的风景
这张椅子
你一定也坐过
它刚好
安放在了
我们的心角
在诗与远方之间

是靠左
还是靠右
也许就在中间
也许
我们就坐在了
同一个地方

不左不右

不偏不倚

如同

花与花影的重合

眼前是一泓秋水

反射着耀眼的天光

水草青青

落叶殷殷

鱼儿在水中游翔

我也在其中穿行

我非鱼

但知鱼的快乐

在一块原石上

一只乌龟

晒着太阳

背壳上

还沾着一片红叶

像文身的容妆

或是吻别的唇印

一阵风过

又有叶子飘落

它们随风颤动

随风翻转

在空中飞舞

画出了一道道

迷幻的彩线

最后

径直落到地上

或飘入水中

它们既不挣扎

也不选择

即便低若尘埃

也是不卑不亢

在阳光中

作告别的微笑

最快乐的

还是各种鸟儿

喜鹊斑鸠杜鹃

布谷黄鹂画眉

还有乌鸦和麻雀

它们在林间穿梭

在枝头鸣叫

仿佛节气的变化

跟它们毫无关联

其实

鸟儿也感到委屈

它们所唱的四季歌

都有着

不同的韵律和含义

只是无人能解
无人能和

在这张长椅上
我坐看了
春生与夏长
坐看了
秋收与冬藏
坐看了四季中
最美的景色——
发芽开花
落叶飞雪
也坐看了
我的人生

松树

面对一棵百年巨松
我不禁想问
你是哪一只松鼠
遗忘了的松子
在这里幸运地
破土而出
长大成材

素衣

穿着

一身的素衣

一路走来

可能很少会有人

注意到你

一旦衣服上

落下些许污渍

就会有

被放大的可能

说你穿的

不是白衣

而是黑氅

就像是艳阳普照

有谁会去观望

一旦日食

便会举世瞩目

有谁

能穿着一袭白衣

走过

迷雾重重的人生

而不落下一丝灰尘

或一粒污点

岁月静好

过去

没有电报

现在

没有电话

就是没事儿

就是安好

凌晨送来的电报

多半是噩耗

午夜响起的电话

大多是凶铃

让白天就是白天

黑夜就是黑夜

让心跳有力

呼吸顺畅

让河水流淌

白云聚散

让阳光普照

花儿绽放

让我学着猫样

能跳能跑

能吃能睡

能懒就懒

让时间永远是时间

爱永远是爱

太慢

我知道

你已非常努力

车轮和轨道

几乎飞离

路途并不遥远

我觉得

是你走得太慢

耽误了我们

一起去看

袅袅升起的炊烟

还是怪你

走得太慢

让我们

错过了一场

绚烂的烟花盛宴

都怪你

走得太慢太慢

拉长了时间

也拉长了

一路满满的思念

天河

谁说
水总是往低处流
看看天边的云
那都是
飘过你头顶的河

天青色

天青色
究竟是怎样的色彩
是蓝
是绿
还是蓝绿之间
渐变的一种偏蓝的冷灰
如鸭蛋青色一样高冷

夏日雨后的黄昏
天边的那一抹晴空
拒绝夕阳暖调的渲染
清澈透明
像一大片龙泉青瓷
丢弃在天庭的一角
是谁摔碎了御前的花瓶
就想逃之夭夭
四周飘浮的灰云
如同隐藏着刺客的帷幕
天空有了故事
地平线变得阔远

那时的感觉
那种颜色
就是天青色

它不是一种单纯的颜色

它是一种情绪

一种联想

一种莫名的感动

我以为

真正的天青色

不会像歌词里写的那样

等着烟雨的到来

也不会在乎

你在等我

我在等谁

它在乎的是

与你此刻纯净的心海

融汇成一片

更蓝更深的汪洋

天堂

在一生的三万余天中
如果你看过
三千次的日出
三千次的日落
你就是一个爱美之人
懂美之人了
可以升入天堂

如果你在晨梦中
错过了所有的日出
在黄昏的酣睡中
错过了所有的日落
那你就已经是
天堂之人了

停云

行云流水

风起云涌

云卷云舒

说到天上的云

仿佛总是运动不止

总是变幻莫测

云

也有停歇的时候

也有成语

在说着它的静美

它的矜持

闲云野鹤

风轻云淡

杏雨梨云

年轻时唱的流行歌里

就有这样的歌词

小小的一片云呀

慢慢地走过来

请你们歇歇脚呀

暂时停下来

浪漫的年轻人

想让过往的云

停下来

去看那山花开

但天上的云

岂是你想停

就会停下的

牵引的线

弥天的网

没有任何东西

能够束缚住

行走的云

哪怕你

长缨在手

日常里

你果真看到了

一朵停着的云

你就是幸运之人

幸福之人

停着的云

承载着思念

也许是因为思念太重

它才走不动了

洁白素净的停云

更像佛的华盖

洋溢着满满的慈爱

还有一丝的禅意

一个无聊的午后

偶尔眺望窗外

忽然间发现

碧透的蓝天上

悬浮着一朵白云

像一柄玉制的如意

静静地供放在

一匹湛蓝色的天鹅绒布上

仿佛天国

正举行着

一个庄严而神秘的仪式

阒寂而安宁

过了半晌

它依旧在那儿

一动不动

和远处的山峦

一样沉静

我不断地自问

这朵白云

为什么会在那儿

又为什么被我看见

它是想拂佑一片土地

还是留恋一方红尘

或许真的承载着思念

专门为我停下

或许是它刚停下

正好让我看见

宇宙时空的一刹那

只有我和它

结下了这样的缘分

它是我的云

我的如意

我的思念

我已记不清

它是怎样消失的

是变胖了

成为一只苍狗

还是变瘦了

化作一条涓流

或干脆

被那片深蓝吞噬

像一挂白帆

沉没在了大海

但我记住了

那朵白云

停着的模样

一柄拂照天地的如意

云停的那一刻

天是静的

地也是静的

心是空的

也是纯的

同一个月亮

古往今来
人们看到的
是同一个月亮
从小到老
我看到的
也是同一个月亮
阴晴圆缺
地老天荒
无论变与不变
生或死亡
我们寄托的
都是同一个月亮

土地

土地
就是这样神奇
赋予生命
接受死亡
一粒麦子
在大地温暖的怀抱中
破土而出
融于春天的盎然
一具尸骨
在漆黑冰冷的墓穴中
归于尘土
与冬天一起沉寂

我等待

我等待的

不只是飞雪

而是一个心约

它是温暖的

就像雪被

能够温暖大地一样

我等待的

不只是雪花

而是雪的精灵

它自由飞翔

却又被我

牢牢囚禁在了心空

我更喜欢

我更喜欢

带有冷调的灰云

我更喜欢

堆积一地的花瓣

我更喜欢

站立枝头的霜叶

我更喜欢

传唱已久的老歌

我更喜欢

成了废墟的文明

我更喜欢

走过了岁月的你

我什么也没看见

我是凝视了很久
可什么也没有看见
我也不想看见什么
在我的眼里
什么都没有
如果非得回答的话
那我是看见了
一个实实在在的空
或看见了
自己内心的一片混沌
我的心眼未开启
双目也未聚焦
这就是所谓的
眼大无光
有眼无珠
或熟视无睹吧

我是如此快乐

我是如此快乐

与节气的每一次变化

一见钟情

我仿佛

已经忘记了

炎炎夏日的热浪

手持一枝

仅存的玫瑰

与第一缕明媚的秋阳

如约相见

清澈的秋风

吹散了殷红的花瓣

满地的红唇

带着离别的忧伤

但花蕊依旧飘香

这里不是

婚礼的现场

我也不是今夜的新郎

秋天再也不是

花的世界

而是叶的海洋

我参加了它的成人礼

见证了它的成熟与成长

终于由铺天的翠绿

一点一滴

变成了血色和金黄

农民开始收割

树木开始落叶

土地失去了庄稼

却收获了

如花似锦的斑斓

秋的遗愿

就是要给大地

留下最后的辉煌

终于

第一场冬雨

涤荡了

所有秋的气息

和有关秋的记忆

冬天来了

最先是一阵风雨

紧接着是一场大雪

把一切有关土地的往事

涂抹干净

这一次

我不再带上玫瑰

而是手捧

洁白冰寒的雪花

放上一朵蜡梅

与春天约会

我是如此快乐

我心依旧

很多人对我说
这些年来你没有改变
他们当着面
跟我撒谎
但我自己
不能对着镜子
跟自己撒谎
除非我是瞎子
真就是瞎子
也能摸出
脸上的波纹
时间的波浪

让我仔细看看
在镜子里
四十多年来
我的脸庞
究竟有了哪些变化
时间老人
带走了什么
又留下了什么

不用多看
也不用多说

沧桑之变

跃然脸上

少了锐气

多了惰性

少了清淡

多了油腻

少了精致

多了肿胀

少了羞涩

多了肥厚

少了棱角

多了圆滑

曾经传神的眼睛

现在已经散光

曾经伶牙俐齿

现在吐词不清

曾经乌黑的头发

现在银丝如麻

曾经敏觉的耳朵

现在蝉鸣不断

曾经与现在

不用说了

我甚至怀疑

现在的我

和曾经的我

就是擦肩而过
再回眸相望
也难以相认
一个是英俊少年
远去的背影
一个是花甲大叔
走近的憔悴

但在我的身上
的确也有
不变的东西
那就是我的心
它依旧跳动
依旧热烈
它依旧向真
向善向美
依旧热爱自然
热爱艺术
热爱生活和生命
如果相由心生
不是骗人的鬼话
那我就真的没有变

我与四季

春天已经走远
我画的那一枝桃花
依旧还在春风里

夏暑已经消散
那铺天盖地的热浪
留在了诗歌里

秋叶早被扫尽
沾满霜露的那一片
夹在我的书里

冬雪已经融化
那曾经刺骨的冰寒
依稀还在梦里

我在想

我在想
如果让太阳从西边出来
究竟会对我们
有多大影响
无非就是改几组词语
把日出东山
改成日出西山
把夕阳西下
改成夕阳东下
乾坤不会颠倒
阴阳不会错乱
该有阳光的地方
照样有阳光

我在想
如果让花儿倒过来生长
从绽放的花朵
缩变为枝头的花蕾
也许这样的过程
影响深刻
它会改变认知
让我们知道
怎样从辉煌
走向平淡

走向渺小
生活会过得很慢
心态会变得很平
你即刻拥有的绚烂
都是最大的辉煌

我在想
如果人类
也发生逆生长
不是从一岁到一百岁
而是从一百岁到一岁
有位哲人就说过
果真如此
我们当中的绝大多数
都会成为上帝
我以为
还会有另一种可能
——成为撒旦

望云观水抱树

望云观水抱树
是一种修行
也是一种妄为
你做不到像云那样
说走就走
说散就散
也不会像水一般
随器塑形
或总往低处走
更不可能跟树一样
坚定不移
深根于泥土
除非你已死去
因为
你总有牵挂
总有个性
总有追求
总想走动
总想活得更加长久

无题 1

人生

最好如初见

初见之后

若能不见

就不见

相忘江湖

各自一方

时间

犹如一台雕刻机

刻录了

树的年轮

额的皱纹

剩下的

是一地鸡毛

不见

心有千千结

再见

希望又破灭

无题 2

风筝

需要一根牵线

没有拉拽

反而吃不到

天风

鸟儿

不会留意闹钟

它们

永远比太阳

醒得更早

在梦里

我听到了

振翅飞翔的声音

那是

时光的流淌

眼前一片黑暗

我知道

黑夜

已经凝固

谁也无法逃遁

无题 3

爱情和死亡一样
无可回避
运气和出生一样
无法选择

无题 4

一树的梨花
我的告白也挂满了一树

一夜的风雪
让我在梦里守望了一夜

一路的平静
但我的心却忐忑了一路

一地的月色
我的思念也抖落了一地

一江的春水
我的乡愁也灌满了一江

一场流星雨
让我期待的心空喜一场

西行

我向西而行
去寻找沉没的星星
我想我一定会
在西方的海洋里
森林中
还有草原或沙漠上
找到它们的光影
和不朽的尸体

西西弗斯

西西弗斯
一位意识到世界荒谬的国王
每天
都做着同一件事情
他也知道
每次费力置顶后的巨石
又会滚到山下
一切又要从头开始
重复、徒劳
但这是我们的认知
所以
我们就过着重复徒劳的日子
西西弗斯不这样想
他之所以坚持
是因为
他一直有着这样的信念
下一次置顶后的巨石
也许真的会像月亮一样
悬浮起来
照耀大地
荒谬的世界
也会有荒谬的奇迹

希望

恍惚间

我被置于

漆黑无边的沙漠之中

没看清来时的路

也没看见离去的背影

离我最近的灯火

是天上的星星

与其说被夜色吞噬

不如说被恐惧包裹

一条巨大的阿拉善蝮蛇

恶狠狠地看着我

何必撕咬

何必放毒

你会因恐惧而死

为绝望而亡

明天的这个时候

我来为你收尸

让你和你的灵魂

走进彻底的黑暗

我听到了蛇皮和沙砾

摩擦的声音

由近渐远

最后归于死寂

但此刻

我也听到了

自己的心跳

和星光一起闪耀

它的节奏

犹如摩斯电报

它一遍遍地发

我一遍遍地收

试图破解

这无序心率的密码

终于

我听懂了

它隐藏的心语

镇静镇静

不要害怕

坚持坚持

你一定会看见

明天的太阳

夏日夕阳

夕阳西下,一个告别的
背影,一个落幕的节点
一个濒临死亡的时刻,是谁
硬凭着一股回光返照的执念
活生生地,把黄昏的天空
演绎成了,一场华丽辉煌的
宫廷舞会,一台惊艳四座的
时装秀场

所有的灯火一起亮起,光芒万丈
一袭橙红色的长裙,镶嵌着
金色的蕾丝,耀眼炫目
一个转身撩摆,缀满碎花的裙边
抛撒出一道弧形的长虹,红缨
闪闪,落英缤纷
接着,又踱出优雅的碎步
朝着夕阳,款款而去
流光溢彩的阔大裙摆,拖在
天地之间,把一汪汪碧水
染成了七彩云锦,形如飞翼的
白云,像一群群欢乐的天使
簇拥左右,是美丽的皇后
骄傲的公主,还是
风流的名模,矜持的新娘

五彩斑斓的云海里，花蝶乱舞

霓裳飞渡，天地交融

早已无法分辨，谁是

贵妇，谁是灰姑娘

谁在欢笑，谁在哭泣

她们应该，都流连在欢腾的舞池里

或梦幻的 T 台上，各尽其乐

各展其美，肆意纵情

丝毫没有意识到，这末日的狂欢

总有尾声，宫廷画师们

被眼前的奢华所惊吓，面对

绚烂的色彩旋涡，他们的画笔

开始颤抖，而自负的艺术家

也变得手足无措，只好把

调色板上的所有颜色——红色

黄色、紫色、棕色、褐色、灰色

还有蓝色、白色、黑色等

调和一气，一股脑儿泼洒天幕

算是为这豪华的阵容，恢宏的

场景，留下了一点印记

舞池中央，有一团暖调的

灰云，像一头匍匐在地的公牛

正在喘息，云边透出的一束束

璀璨光华，犹如万箭穿心

一抹殷红色的霞光，像喷涌的

鲜血，这阴谋的底色

把悲剧演上了天庭，散落四处的

紫色积云，像散去的看客

渐行渐远，最终消失于无形

而英俊勇敢的斗牛士，披着一挂

湖蓝色的大氅，手持一朵

金黄色的玫瑰，向热浪翻滚的

舞池中抛去，激起了

火焰般的涟漪，地平线

晦暗的一角，有几只金毛狮狗

在不停地狂吠，仿佛它们

看到山的那一边，来了一群不速之客

舞会还在高潮，人们还在狂欢

忽然间，云霞中

奏响高亢悲壮的旋律

——Time to say goodbye

此刻的夕阳，正释放着最后的

光芒，它由鲜红变成酡红

最后，变成了疲惫的砖红

匆匆离场，所有的锦瑟华彩

热闹喧嚣，瞬间

归于沉寂的黑暗，只是在

地平线的上方，留下了

一丝丝光亮的缝隙，世间万物

从绚丽到晦暗，从热烈到冷清

就在这须臾之间

现代都市印象

一幢幢华丽恢宏的大楼
也许就是一个空壳
路边晦暗邋遢的小吃桌边
或许正在谈着一份亿元的合同
从迈巴赫车里走出来的
也许就是一个负着巨债的老赖
风里来雨里去的快递小哥
正拼命地攒着钱
想买城郊接合部的房子
那些口若悬河的教授们
或许毫无信仰
有的只是一个空洞的灵魂
而那些忠诚于内心真实的普通人
或许有一颗丰盈的心灵
正努力接着地气活下去

乡村的初冬

冬日清晨

泼洒在

田野上的阳光

最先

像一地的白霜

随后

又像贴地透明的薄膜

有了零碎的光斑

眼睛里也有了亮点

渐渐地

太阳升高了

大地

仿佛从冻睡中醒来

开始喘息

沟渠里

冒出了热气

和远处农舍的炊烟

连成了一片

空气里

有了麦子的香味

结着薄冰的河面

像一块沧桑的镜子

映射出天光

沿着冰水缝合的曲线

一边白

一边黑

一边是平静

一边是波动

河岸两边的树丛

抖落掉了

枝叶上的霜露

留住了阳光

有几片残留的红叶

像点燃的烛火

随风颤动

闪闪发亮

大路上

一串串凌乱的脚印

有牲口的

更多的是人的

经风一吹

都成了模糊的重影

不知道

是远方的游子

午夜归来

还是赶集的农民

星晨留下

乡村的黄昏

夕阳

一下子

就下了山

村口的老槐树

像一只

蹲坐着的狮子

静望天空

远处

庄稼地里

浮起了

一层层白雾

鬼鬼的

大人们总说

入夜时分

也是鬼怪

出门的时候

汪汪汪

乡场那边

传来了狗叫

还有

孩子们的

尖叫打闹声

夜色

越来越浓烈

农家的窗口

灯火幽暗

屋里

晃动着

凌乱的影子

炊烟

还没熄灭

晚餐

还没上桌

月亮

也还没有升起

扑通

一只青蛙

跳进了池塘

相较于

灿烂的群星
相较于
心河中星空的倒影
要黯然许多
一个
是眼里的风景
一个
是灵魂的印迹

飞舞的雪花
相较于
心田里凝结的雪霜
要冷酷得多
一个
借着北风肆虐
一个
随着体温融化

绚烂的桃花
相较于
心中暗恋的桃花源
要逊色得多
一个

是春天的色彩
一个
是心灵的火花

小寒节气

小寒节气

地里的菜

还是绿油油的

午夜的寒霜

冻不死

土地的生机

它们甚至渴望

绒绒的雪被

带来温暖

电线杆上

没有一只

觅食的麻雀

乌鸦也不守望

它们知道

此时的地里

没有可捡拾的麦穗

成熟的麦粒

都积攒在巢里

这个冬天

它们不会挨饿

田埂那边

长满了

枯黄的狗尾巴草

两股废弃的铁轨

锈迹斑斑

黝黑的枕木上

到处是

干裂的羊屎

二十年前开出的

最后那趟绿皮火车

已被更远处

新建的高铁取代

天上的飞机

仿佛又在

追赶着夕阳

只有摘菜的人

静静地

和黄昏时的土地

一道呼吸

邂逅

你从桥上走过
我在桥下看到你
挥挥手
两只手影
在阳光中相握

你不经意地回眸
我也刚好回望
一瞬间
目光
在对视中锁定

你望着窗外
我也望着窗外
相隔千里
两处思念
在月光中交融

一切邂逅
都是心愿的相遇

心泉

心
犹如一眼灵泉
不仅需要血液的奔涌
也需要日月的照拂
风雨的洗礼
还需要诗书的浸润
并用爱去搅拌
这样
它就不会停滞
也不会枯竭

星空栈道

只要你

仰望过星空

就一定会有

这样的遐想

筑一条星空栈道

打通黑色的天幕

走进夜空的另一面

去寻找那些

曾经许下的愿望

看它们

何时才能开花

每一个人

都会有自己的梦想

自己寻梦的路径

我要努力地写作

用一行行诗句

长长短短

编织出

一条绵延的天梯

我会勇敢地顺势而上

不畏炙热与高寒

我的心愿

就是要走到银河的岸边

去看一看

那里翻卷的波浪

当然我也可以

静坐在山头

一夜一夜地等待

等待一场

绚烂的流星雨

让星光淋透我的身心

好顺着它们斜角的光芒

像爬滑梯那样

在雨停之前

迅速地爬到云上

我还可以

放飞自己

幻想着

能与七仙女相遇

彼此牵着手

一起走上回家的路

星星

曾有人说

星星的用途

有一千种

戴在头上

会闪闪发光

放在口袋里

会带来好运

挂在耳朵边

能听见远方爱的呼唤

我要告诉你

星星的真实用途

只有两种

一是天黑时

星星闪烁

让你知道

天在上地在下

不至于上下颠倒

乱了分寸

二是身处人生的谷底时

让你明白

再幽暗的谷底

也会有星光的照耀

不至于黑白不辨

失去希望

幸福

我现在真的感到

岁月静好

就是幸福

时间

会为这种幸福

而静止

一切奢华

热闹和荣耀

都是烟云

瞬息而逝

它们会

在你一遍一遍的

炫耀和复述中

被别人

也被自己

遗忘

实与空

有些空虚
不是做了加法
就可以填实
有些爆满
也不是做了减法
就能够清空

以实对实
以虚对虚
或以实对虚
以虚对实
都是生命的状态
不用选择

明知遥不可及
却总臆想着
只要坚持
就能够
一步一步地
走出大山

以为近在咫尺
唾手可得
心系一生

奔波一世
依旧明月当空
在水一方

摘不到星星
只好转过身来
到空旷的草原
或沙漠
去寻找
星星的遗物

选择

——事无常势

许多的树

真不幸

被砍伐

但死后的躯干

做成家具

陈列于宫殿

做成帆船

航行于海洋

做成机翼

飞越在天空

许多的树

真幸运

没被伐

长久地生长

留在了原地

留在了故乡

而死了后

却成了

一片片朽木

一堆堆泥土

雪

雪

快快地下

下得再大一些

再稠密一些

为了你

我不惜

拔光所有鹅身上的毛

雪

你自由地飞

自由地落

你落脚的地方

就是你的巢

落在草丛

落在树杈

落在屋顶上

落在窗台边

落在我的手掌心

我会捧着它

朝你飞奔而去

穿越梦的隧道

在它融化前

让你看见

那钻石般的冰晶

和冰晶映照的光芒

雪蝴蝶

漫飞的雪花

都像冻死了的蝴蝶

它们想飞得更高

舞得更欢

结果

在九天极寒中

凝结成冰

坠落到了地上

把原野

变成了自己素洁的坟场

积雪是冷的

土地是温暖的

来年的春天

照样会有新的蝴蝶

破土而出

它们依旧想飞得更高

舞得更欢

再一次飞入九天

再一次被冻死

重演一遍

二〇〇二年冬天

那场稍稍晚来的大雪

而那些落在

诗人坟头的雪花

你不用担心
那是诗的碎片
思想的结晶
一旦融化
新诗也会破土而出
春风里
都是朗读诗的声音

雪花

皎洁的雪花

在空中飞舞时

它还生活在宫殿

是自由快乐的公主

在北风的唱和下

跳着酷炫的芭蕾

一旦落地

就得接受大地的束缚

脚印的踩踏

接受与尘埃的苟合

最终知道了

生命的轻

与生命的重

雪遇

在南浔

遇见了江南的第一场雪

黄昏

如席的雪花铺天盖地

把黑白分明的粉墙黛瓦

弄得模糊不清

昏暗的街巷

漫射着幽幽的白光

影影绰绰

其实

晌午过后

我就闻到了雪的味道

那时

彤云低垂

像一只扎紧的布袋

鼓鼓囊囊地悬浮半空

不知从何处

飞来一只乌鸦

像一道黑色的闪电

划天而过

布袋仿佛被撕开了

一道口子

大雪就纷纷地落下了

雪花

落在石桥上

没有声响

落在河水里

没有声响

落在乌篷船顶

也没有声响

落在眉宇间

终于

我听到了它温柔的细语

口齿清晰

带着一股沁心的冰凉

我拾级而上

深一脚浅一脚地走过桥去

走到了河对岸

那儿也正风雪弥漫

借着最后一缕天光

我看见

有一把粉红色的油纸伞

走进了一条幽深的小巷

它在前面

款款地飘移

我在后面

悄悄地紧跟

寂静的小巷里

正卷着鹅毛大雪

一如弹棉花的作坊

正热闹地开张

白雪落在身上

以为自己有了隐身之术

心里一阵窃喜

又一阵惶恐

跟着跟着

在一个拐角处

那把粉红色的油纸伞

突然收起

犹如被风吹散了的桃花

地上没有脚印

墙上没有影子

风里也没有花瓣

只有路旁高大的院墙里

盛开着金色的蜡梅

在风雪中

散发着清冽的幽香

雪约

我在等着一场雪
仿佛等着一场
期待已久的约会
其实我们都在等待
不约而同
如果这个冬天
你再姗姗来迟
或秘而不宣
我真的会忘记
你的味道
甚至你的颜色
如果关于你的记忆
都是来自梦境
看你在梦里飞
在梦里落
在梦里闪着蓝光
在梦里落花流水
那么
我走过的雪原
将要走向的阔野
或一起张望的窗口
还有那片梧桐树下
将不再飘雪
四季就会少去一季

大地没有了白色

也没有了隐藏

我一直想知道

是地狱之火

炼就的璀璨钻石

更加坚固

还是极寒之气

凝结的冰晶雪花

更具耐力

燕子

我看见一只燕子,从窗前
飞过,它一定不会是
王谢堂前的那一只,有这样的想法
或许就很可笑,但燕子
一旦飞进了诗里,就会不死
就会超越时空,变成一只
永生的燕子,就像济慈的夜莺

羊

昨夜,不
应该是在凌晨的梦里,经过
一番缠斗,我从
一群恶狗的利爪下,救出了
两只羔羊,一只是白色的
另一只也是白色的,我把它们
带回了家,喂它们牛奶
它们用咩咩的叫唤,回报
我的救援,忽然想起
救羊的应该是耶稣,他是
最完美的牧羊人,也只有他
才能完成真正的救赎,我的行为
简直就是僭越,是把羊
还给恶狗,还是把它们丢在
歧路,任由它们走失
在焦虑中醒来的我,发现自己
正躺在羊毛垫上,身边已没有羊

阳光

今天是阴天

太阳没有升起

在这长期居家的冬季

几乎每一个晴天

我都会将自己

融化在阳光的波涌中

如同畅游在水里

感受来自宇宙的温暖

昨日傍晚

一缕斜阳映照在

窗前宽厚的沙发上

像一条流淌的河

又像一根金色的丝带

静静地

我看着它

和西行的太阳一道流走

没有去踏浪

也没有去泅泳

待我若有所悟

再去追寻时

它已流逝在黑暗之中

其实

每一朵阳光的浪花

每一次阳光的微笑

每一刻流动的光阴

都值得我们追寻

摇篮曲—安魂曲

我已记不起
任何儿时的摇篮曲
哪怕一段旋律
或几个词
但我的母亲
一定为我唱过
在我睡觉的时候
至于安魂曲
那是唱给
活着的人听的
走远的灵魂
感觉不到
音乐的颤动
人生
从摇篮曲到安魂曲
也就是将谱架上的乐谱
翻过一页或两页

夜

知道黎明会来
太阳会升起
就无比珍惜眼前的夜
我可以伴灯而读
让夜变得敞亮
也可以熄灯入眠
乘着黑暗的翅膀
走到梦的最深处
无论是敞亮的夜
还是黑暗的夜
都是我喜欢的夜

夜色

现在的都市

已没有真正的黑夜

即便过了子时

总会有灯亮着

五颜六色

亮成一线

亮成一片

哪怕在后街

黑暗也被驱赶

夜色是如此散漫

如此轻薄

不夜城

成为城市的荣耀

曾经的城镇

夜色是幽深的

沉默的

也是凝重的

无论是大人

还是孩子

都会感受到

黑暗的分量和压迫

即便亮着的路灯

微弱的光芒

也会被黑的张力

挤缩成一团
让你看不见
自己的影子
那时的夜晚
真的会有
深重的黑暗
可以走进
真的会有
莫名的恐惧
在黑暗中躲藏

夜雨

昨夜的雨
真是温柔
知道我难以入眠
轻手轻脚地
走过雨篷

今夜的雨
有点粗鲁
知道我早已沉睡
肆无忌惮地
敲打门窗

依依杨柳

河边
倒垂的杨柳枝
千条万条
婀娜多姿
在风的怂恿下
不停地撩拨着
似睡非睡的水面
划出了一道道涟漪
仿佛
挠醒了春天的梦
映现出无数道
闪烁不定的笑纹
水面
欢腾起来了
这连绵不断的涟漪
传到眼里
泪水盈盈
再传递到心里
却让心海
变得格外温暖平静

遗忘

只有自己不曾遗忘
才是真的没被遗忘

音乐

你告诉我

那是月光曲

可无论我是聚精会神

还是散漫自由

抑或是闭上双目

还是睁开眼睛

我都看不见灵动的月光

也许

你的月光是银色的

而我的月光是蓝色的

你说

这是献给爱丽丝的

可我总觉得

每一次琴键的敲击

好像都落在了我的心弦上

快慢轻重

左右着我的心跳

还有那悠扬的旋律

无论梦里梦外

都流淌在我的心河

影子

无论,你走得多远
你的影子,总留在我这里
你说,你已经走过万水千山
身影相随,不会单把影子留下
是的,你留下的
不是阳光里、月色下的影子
而是,在我心里的影子

永垂不朽

那种希冀

被世人永远铭记的

想法和努力

是愚蠢的

江河会倒流

石头会开花

时间也会被忘记

你的智慧

积累的知识与财富

你的经历和记忆

包括你的一切

身后的赞誉

死后的哀荣

在你生命结束时

于你而言

就已经全部归零

渐渐地

你会变成

只是一个空洞的名字

而没有具体的面目

接着又衰变成

一个模糊的符号

而没有实际的意义

最终变成一个
绝对的空白
仿佛从未存在过

有爱与没爱

只要有爱
每一天
都可以是纪念日
无需理由
一切荒诞的情节
都可能
以喜剧落下帷幕

如果没有爱
每一天
都可能是受难日
也无需理由
一切理性的争辩
都可能
酿成悲剧的苦酒

有的和所有的

有的花

开了就是让别人看

有的花

可以悄悄为自己开

有的果子

就为上别人的餐桌

有的果子

想自然地落在树下

有的风

想撩拨开人的心扉

有的风

却默默地掠过草原

有的人

不，应该说

很多的人

都在为名利而忙碌

有鸟的风景

窗外急速后掠的风景
像快进的影像画面
田野、树丛、河流
还有一片一片的村落
在二月的暮霭中
被倒进了睡眠
忽然间发现
沿着铁路线那一排排
赤裸的树枝上
有许多大大小小的鸟巢
像是在秋天被漏捡的果实
经过冬天的洗礼
露出了枝枝节节的筋骨
本以为会在密林深处
本以为会远离人群
可鸟儿偏偏选择了热闹
甚至是危险
不惧火车日夜来回的轰鸣
也许它们早知道了
这样的道理——
中隐隐于市
小隐才隐于野
不想在沉寂中死去
就在热烈中重生

其实

鸟儿比人类

更能接受现代与时尚

燕子喜欢在钢梁

或水泥桥上筑巢

军舰鸟

喜欢跟着豪华邮轮飞翔

麻雀喜欢列队在高压线上

鸽子一直巡游在

钢铁森林的上空

乌鸦则敢于落脚在

现代城市的每一个窗口

又梦江南

你一定不会相信
我去过的江南小镇
总是细雨蒙蒙
一如我梦境的复制
石桥、廊道、乌篷船
油纸伞、青石板
开在巷口的丁香花
仿佛我就出生在此
抑或我入梦太深

抑或我入梦太深
仿佛我就出生在此
开在巷口的丁香花
油纸伞、青石板
石桥、廊道、乌篷船
一如我梦境的复制
总是细雨蒙蒙
我去过的江南小镇
你一定不会相信

又一个梦境的记述

我想你已经入睡

正徘徊在

迷蒙的梦境

还未找到出口

我也是跌跌撞撞

来到一座城池

好像不是苏州

我轻轻地

想推开那道

幽暗隐晦的木门

发现它

坚实如铁

那不是一道门

是一堵厚重的围墙

斑驳的石砖上

还刻着名字

不知哪来的轻功

在梦里

我的确飞过

顺势而上

我来到墙头

看到了

城内的一片片花海

我报不出花名

也说不准花的颜色

没有阳光

也没有月色

但绝不是向日葵

四处张望

我没有寻见

看花的你

你也没看见

站在城墙垛上

挥手的我

忽然间

城门洞开

四面八方

一簇簇鲜花

像火山的岩浆

到处流淌

我急忙回到

我在城外的园子

是飞是走

已经记不清了

那儿的大门

也是洞开

房子不见踪影

血色的玫瑰

早已开满了一地

雨地儿歌

在老家
小时候
一遇到刮风下雨
就会说起一段顺口溜
大人小孩都会说
风来了
雨来了
城隍庙里的屎间棚子倒下来了

雨伞

我们在同一把雨伞下
躲着同一朵雨云
我的左肩湿了
你的右肩依旧干爽
我擎的伞柄
就像地球的轴心
有一点点右倾
有了我的雨季
也就有你的艳阳

雨夜

今夜下雨
准备淹死在梦里
我想逃离
梦里的飞翔
可以不要翅膀

今夜无梦
我错过了
许多的故事
也错过了
许多的风景
最重要的
是逃避了
可能的死亡

元宝

元宝是一只猫
长着一身冷调的灰毛
肚子上间杂着
许多绒绒的黄毛
如果它在你的腿脚间
不断地平躺或翻转
表明它喜欢你
当它在你的身边或腿上
安然入睡
那是一种信任
它不停地摇晃着尾尖
趴在那儿似睡非睡
悠悠地
轻轻地
那是在释放惬意的心情
它讨厌强迫式的搂抱
找准机会
就会快速逃跑
当它跟着你喵喵地叫
表明它饿了渴了
该喂食了
它的耳朵很灵敏
一滴轻微的水滴声
都会引起它的警觉

东张西望的

哪怕是在进食的时候

它会不停地

舔舐自己的绒毛和脚爪

甚至屁股

那是一种自恋和骄傲

也表示它很爱干净

它也会翘起前脚

用后爪挠痒

像是练着瑜伽

当它高翘着尾巴

迈着轻盈的猫步走去

那不是时装秀

而是"傲娇秀"

它也会上蹿下跳

急速奔跑

或露出尖牙利爪

伸个懒腰

做出飞扑的姿势

像非洲草原上的狮子

那是它想展示一下

自己也有着野性的基因

最可爱的

还是它昏睡懒惰的样子

这时候它是聋子

什么声音也听不见

或是不想听见
任由你摆弄
跟装睡的人一样
就是弄不醒

原样

斯宾诺莎
是你说的吗
万物都愿保持
自己的形态
石头
愿意永远做石头
老虎
愿意永远是老虎
即便是善变的水
结成了冰
却期待着阳光
好让自己还原成水
化成了气
也要借着云雨
从天而降再入江湖
可有一个人
在上帝的面前
大声地叫喊
下辈子不想再做女人
仿佛上帝
就不应该造出夏娃
你只是轻蔑一笑
告诉我说
敢讲这种话的人

一定是
一个成功的女人
下辈子
她还得选择做女人

月光

月光
亲吻着浪花
大海变得如此温柔

月光
催眠着原野
让大地的梦更加深远

月光
拂照着雪峰
仿佛是在冰肌之上
涂抹了冷霜

月光
倾泻在森林
犹如无数的萤火虫
点亮了黑暗

月光
轻抚着嘴唇
让爱的印迹和誓言
清澈而明亮

月下墓地

我不知道

为什么

会走进这片树林

走到这片墓地

在这仲秋之夜

我不记得

有谁——亲戚或朋友

会埋在这荒郊野外

清澈如水的月光

流淌了一地

把一块卧地的墓碑

冲洗得光亮如镜

明晃晃的,我看不清

碑上的字迹

忽然间

光洁的镜面上

仿佛泼溅出了

一两滴晶莹的月光

紧接着

是一圈圈的涟漪

正四处散去

整个地面

也好像在随风飘动

我情不自禁地

摸了摸碑石

它坚实如铁

我再去揉了揉眼睛

这才发现

我已泪水盈眶

月夜

走在

仲秋的月夜

我看见

一只猫的影子

躲躲闪闪

我看见

树的影子

在风中婆娑起舞

抖落了一地的窸窣

我还看见

无数高楼的影子

遮蔽了

城市的后街和工地

但我却找不见

自己的影子

前后左右

甚至抬脚看了脚底

都没有踪迹

是月光

像 X 射线

把我彻底照透

还是我

一片冰心

早已化成了

一地如水的月色

在梦里

在梦里
无论怎样用力地喊叫
就是听不见
哪怕近在咫尺
我以为我是聋哑
在梦里
仿佛我们不用呼吸
一切梦境
都是宇宙真空
所以我们会飞翔
我们会从悬崖的边缘
跌落温暖的被窝
在梦里
所有的情节
都是续续断断
颠颠倒倒
像已被磨损的
黑白胶片
只有你的故事
总是那么清晰
那么温馨
像一部好莱坞的
爱情大片儿

在这里

在黄瓜园里
有一块神秘之地
这里的时光
要比日常
流逝得慢一些
如果你是
漫不经心地走过
就不会发现
这样的变化
只有停下脚步
或在长椅、石凳上坐下
静静地待上一会儿
沉淀一下心绪
才会觉出端倪

清澈的池水
明亮如镜
春风吹不老
它光洁的面容
它犹如被天光凝固
成了一个透明的水晶体
水里的鱼儿
游动起来
也就特别地费力

特别地慢悠

有时候

干脆一动不动

仿佛变成了

一个个活的化石

吞吐着古老的气泡

故意与时间对抗

有一两只乌龟

趴在圆石上

晒着太阳

背上的龟纹

像石头上开出的花

这样的花

可以开上一万年

几只花猫

常在池边转悠

在其他地方

它们机敏警觉

健步如飞

一旦走进这片魔地

就变得慵懒嗜睡

猫步也开始走得别扭

这里

是它们的温柔乡

是它们的桃花岛

站立枝头的八哥、画眉

不再鼓噪

也不再学舌

它们感觉出

这里时间走得慢

声音也传得慢

何必去受那种劳烦

一尊高贵的青铜裸女

被水复制成两份

上下呼应

女神《地中海》

成了双胞胎

这一对丰腴的姐妹

在水的涵养下

变得更加柔情似水

在静谧无聊中

双双坠入爱的梦乡

一时半会儿

不会醒来

在梦里

没有了时间的逻辑

时间也就停滞了

这里的树丛

枝繁叶茂

池塘的水面上

一片片五彩的浮叶

像镜面上的贴花

看见了落叶

你不一定会看到

飘零的过程

叶子落得太慢

先是被光线牵着

又被风儿托着

九曲回肠

来来回回

上上下下

就是不愿落地

除非你在这儿

坐上半天

即便坐上了半天

看到了叶子

在半空中的曼妙飞舞

或触地的一刹那

你也不会看到

一米阳光

在地上半寸的移动

在这里

你可以坐在长椅上

晒一天的太阳

但要看见

树上的叶子变黄

那就要等上一季
也许是一生
在这张长椅上
我已经坐满了半生

赞美

我从未见过
波德莱尔笔下的
恶之花
我见的花儿
都娇艳美丽
人见美丽
或怜爱赞美
或嫉妒摧残
我赞美一切美丽
所谓恶之花
并非花之恶
而是恶之人
人之恶

珍惜

花开花落

总是稍纵即逝

需要珍惜

阳光月色

几乎每天拥有

更要珍惜

之间

在黎明与黎明之间
是白昼
是黑夜
是阳光普照的梦魇

在花开与花谢之间
是娇艳
是嫉妒
是花落流水的无奈

在春天与春天之间
是夏日
是秋月
是映射春光的冰晶

在生命与生命之间
是诞生
是死亡
是失望绝望与希望

知道

知道

你在哪里

知道

你在看花

知道

你在花树下

想什么

所以

无论你选择

哪一条路

我都会与你

邂逅

中学时代

在放学的路上
每次
从你家门前走过
心跳都会加快
我甚至会
装着有事儿没事儿
做贼心虚地
来回走上三遍
一遍两遍
三遍
但看到的
都是空空的门堂
仿佛从未有人进出
从未有过
人面桃花相映红
可我知道
照壁墙后的院子里
开着美丽的蔷薇

自由

什么叫自由
其实
我们满眼看到的
都是自由
天上飘浮的白云
是自由的
拂面而过的微风
是自由的
潺潺流淌的泉水
是自由的
漫山遍野的石头
是自由的
飞舞的蜂蝶是自由的
鸣叫的布谷是自由的
飘落的树叶
盛开的花儿
是自由的
原野上的绿草
草中的蒲公英
蒲公英的种子
是自由的
春天的暧昧
夏日的焦躁
秋天的凄苦

冬日的孤寂

是自由的

所有的梦境

白日梦

春梦

噩梦

彩虹之梦

花蝶之梦

都没有门槛

出入是自由的

能看到这些自由的人

也是自由的

总是能

在不同的窗口
我们总是能
看到同样的风景
在不同的书里
我们总是能
读到同样的诗行
在不同的河里
我们总是能
捞起同一个月亮
对不同的远山
我们总是能
听到相同的呼唤
你看日出
我看日落
我们总是能
接取同样的光芒

走进如梦之梦

你可以去睡
去做梦
但今晚我决意不睡
我要远离梦境
走进静夜
走进良宵
走进如梦之梦

沿着村口的小路
我朝着不远的山坡走去
路面洒满月色
如同蒙上了一层轻纱
走在上面
脚步变得轻曼
有一种飘的感觉
仿佛一直可以走进月亮
夜空
像墨蓝色的幕布
铺天盖地
一遮到底
把天庭辉煌的舞台
挡在了幕后
闪烁的星星
像无数透光的虫洞

遮掩着众神偷窥的眼睛

难道夜空

也是一张任性的织网

高兴了就漏光

忧伤了就漏水

晴雨之间

就是一种心情

两边收割过的田野

散落着麦穗

还有成堆倒地的秸秆

散发出

成熟又略带酸腐的草香

蟋蟀、油蛉子

在幽暗中竞相鸣唱

几声清脆的蛙叫

压过了所有的声响

叫声骤停

夜色变得更加浓稠

鼻尖也感觉到了

一种黑暗的压迫

静谧和热闹

只有在乡间丰收的夜晚

才会

如此的完美和谐

蓦然间

一颗流星划过夜空

像是一长串爆燃的焰火

璀璨耀眼却很短暂

我忽然想起

一个古老的传说——

天上的星

人间的命

想起村口的那座

被月光照得苍白的孤坟

我还听到了远处

汪汪的狗叫声

流星短暂

静夜短暂

良宵也短暂

走了进去

就多待一会儿

因为人生也短暂

做一个这样的人

冷艳的月色
将我包裹
我对自己说
做一个温暖的人

炙热的阳光
将我融化
我对自己说
做一个冷静的人

当身陷黑暗中
我对自己说
朝着光明快跑
做一个敞亮的人

当阳光普照时
我对自己说
看到人间的黑暗
做一个有良心的人